U0025003

臺灣本土繪本

・

臺灣原住民族

巨人阿里嘎蓋

劉秀美 主編．宋如珊 文．黃岳琳 繪

主編・劉秀美

國立東華大學華文系教授。研究專長海外華文文學、臺灣原住民文學、民間文學、通俗文學。著有《五十年來的臺灣通俗小說》、《臺灣宜蘭大同鄉口傳故事》、《從口頭傳統到文字書寫——臺灣原住民族敘事文學的精神蛻變與返本開新》、《火神眷顧的光明未來——撒奇萊雅族口傳故事》、《山海的召喚——臺灣原住民口傳文學》、《土地的詩意想像——時空流轉中的人、地方與空間》等。

作者・宋如珊（1965－2022）

中國文化大學中文系文藝組專任教授退休，曾任中國現代文學學會常務理事、《中國現代文學》半年刊主編、秀威「大陸學者叢書」和「現當代華文文學研究書」主編等。著有《隔海眺望——大陸當代文學論集》、《從傷痕文學到尋根文學——文革後十年的大陸文學流派》、《翁方綱詩學之研究》、《掙扎・反思・探索：大陸當代現實主義小說的嬗變》等，並曾於《文訊》雜誌、《聯合報》兩岸版撰寫專欄文章。

繪者・黃岳琳

國立東華大學華文文學系畢業。目前為自由插畫者。喜歡鮮豔飽和的顏色，也喜歡藏一些情緒在文字裡，但沒想過有天會將他們放在一起，成了可以在裡面藏滿彩蛋的繪本。

【系列序】走進神祕的繪本森林

劉秀美

日本紀實文學家柳田邦男提倡「三讀繪本」，他認為人生有三階段適合讀圖畫書，一是童年時期的自在閱讀，二是撫育孩子時的陪讀，三是人生後半段參透生老病死的悟讀，繪本在人生的不同生命歷程中扮演著各式各樣的角色。飽滿圖像藝術的繪本，宛如魔法一般，從圖像與文字間生發出無限不可能的「被看見」。因此，那是一座從兒童到大人都能浸淫其間的森林，讓生命有了更多層次的色彩，伴隨著我們日漸老去。

有沒有這樣的繪本？在童年時期自在優游閱讀中，能夠走入腳下所踩土地的故事；與孩子共讀時，能激起心中的一些本土想像；在人生走入終章時，能返老還童的回歸生命的始源單純。

「很久很久以前我們也有文字呢！我們曾經也是有文字的民族。那一年，大雨不斷的下著，大洪水淹沒了人類所有的物品，人們急急忙忙的逃水而去，漢人把文字寫在樹皮放進罐子裡，我們把文字寫在石頭上。石頭和罐子都被洪水沖走了，我們的文字隨著石頭沉入大海，從此不見蹤跡，漢人的文字裝在罐子裡漂在水面，因此文字被保存下來。因為沒有文字，我們無法用文字記下事情，因此很辛苦。」臺灣原住民傳說如此敘述著失去文字的委屈與緣由。

兒童的視野隨著那滔滔洪水滾動中的罐子與迅速下沉的石頭而游移，文字的重要悄然走入心中。洪水滔天、天地變色，不需文字，伴讀的成人「看見」了人類歷史可

能的「重演」，大自然無聲的抗議，不是早就在那兒了？當人生經歷過千滋百味，洪水過後的寧靜正是心中的一畝自在田。

遠古以來，臺灣原住民族在島嶼上安居、獵耕，各族你來我往，形成多元而豐富的原生文化。部落口耳相傳的神話、傳說、故事展現了這片土地精彩的民俗風情與文化精神。這些承繼傳統與歷經時空變異所積累的口傳文學，正是臺灣先祖在這片土地的智慧精華寶庫。臺灣原住民十六族因歷史與社會情境的差異，風俗文化或有不同，然而各族在代代相承下一致的是順應自然、與自然共處，敬畏天地、珍愛萬物、與人分享，成為真正的土地守護者。舉凡神話、傳說、禁忌皆傳達了此種精神。這是一座充滿純真、智慧、勇敢與包容的神祕森林，等待著更多的色彩豐富它。

綠眼金髮的巨人族阿里嘎蓋，據說會變成人形、吃小孩內臟，
是一群會使用騙術的鬼。在阿美族和撒奇萊雅族裡，
當小孩子夜哭或不聽話時，大人就會說：「小心阿里嘎蓋把你吃掉！」

聽說自從阿里嘎蓋搬來美崙山後，

族人的生活就不再平靜了。

有一位婦人帶著兩個女兒上山採菜，

她把襁褓中的妹妹交給姊姊照顧，就爬到較高的地方去尋找野菜。

過了一會兒，

阿里嘎蓋變成媽媽的模樣走過來給小嬰兒餵奶，

她叫姊姊去玩耍。

沒有多久，真正的媽媽回來要給妹妹餵奶，姊姊疑惑的說：「不是剛剛餵過嗎？」媽媽這才發現妹妹的內臟已經被吃光了。

這樣的事情在族裡陸陸續發生，
大家越來越不安，想盡辦法要保護小孩。

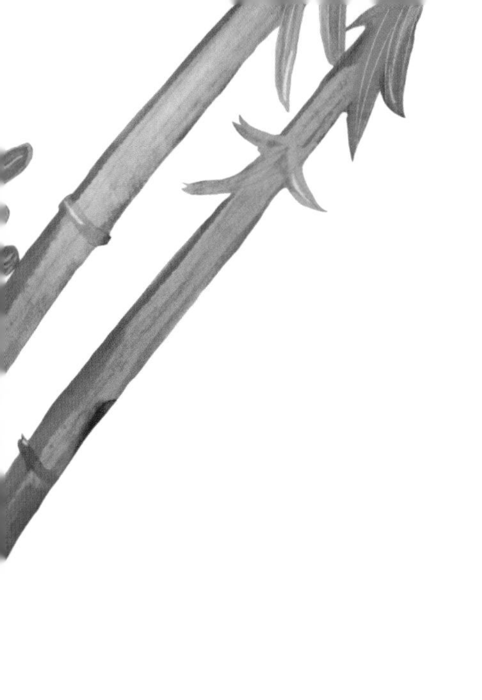

族人於是開會決定，

小孩一律集中到聚會所，由年長者照顧，

並派人日夜守著。

阿里嘎蓋知道了，就到聚會所，

大手一伸，穿破屋頂想要抓走小孩，

守衛的族人便拿藤條套住他的手。

阿里嘎蓋想把手抽出，守衛的族人用力拉，

藤條收緊，他的手就被拉斷了。

落在地上的斷臂瞬間變成了一根木頭。

阿里嘎蓋驚慌地逃離，

離開時發出嚕兮嚕兮的聲音說：

「一隻**手**算什麼，用**木頭**替代就好了。」

他隨手取了一根木頭接在斷臂上，

不一會兒，就長出了一隻完好如初的手。

阿里嘎蓋不但會變身，

也會改變天色。

捕魚季節到來時，男人都出海捕魚去了，

妻子在家準備糯米糰，

等著晚上丈夫回家一起慶祝。

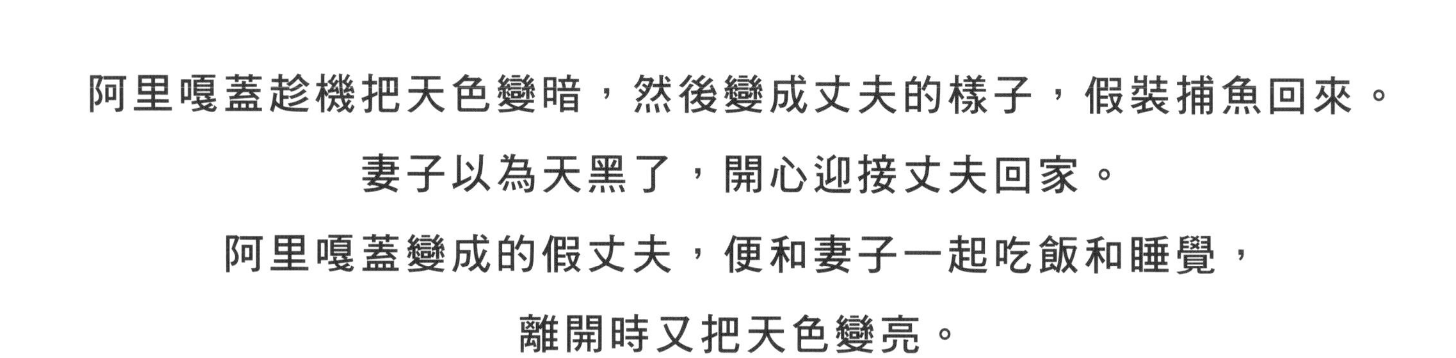

阿里嘎蓋趁機把天色變暗，然後變成丈夫的樣子，假裝捕魚回來。

妻子以為天黑了，開心迎接丈夫回家。

阿里嘎蓋變成的假丈夫，便和妻子一起吃飯和睡覺，

離開時又把天色變亮。

等到真的丈夫回來，發現糯米糰沒有了，

非常生氣，才知道又是阿里嘎蓋做的壞事。

阿里嘎蓋吃小孩和欺負女人的事一再發生，

族人已忍無可忍，大家決定要把阿里嘎蓋趕走。

族人分別用弓箭、石鏢、火攻，
沒想到阿里嘎蓋都不怕，還唱歌取笑他們。

族人改用刀子也不是巨人的對手，
很多族人被丟到溪谷中，死傷慘重。

頭目很難過，坐在大石頭上思考。

忽然聽到有個聲音說：「把祭祀中用蘆葦編成的法器『布隆』（箭矢法器）或斧頭去打他吧！」

果真阿里嘎蓋一看到蘆葦製作的法器就嚇得發抖，

族人們輕易就把巨人打敗了。

阿里嘎蓋祈求族人饒命，

於是族人放巨人一條生路，但要求他們立刻離開。

阿里嘎蓋踏進大海，向著東方離去。

為了感謝族人不殺之恩，

阿里嘎蓋答應族人只要每年 5、6 月祭拜海神時，

同時供奉檳榔、酒和杜倫（一種糯米糕），

就會得到豐富的漁獲。

《巨人阿里嘎蓋》故事說明

巨人阿里嘎蓋普遍流傳於阿美族和撒奇萊雅族，傳說阿美族的捕魚祭即與阿里嘎蓋有關。捕魚祭又稱海祭、河祭，是阿美族向海神及天地神靈表達感謝的表現。捕魚祭的名稱和舉行時間各地區不同，大致在六到八月間。捕魚祭的實踐過程體現了族人向提供豐富資源的大自然表達感恩之心，同時傳承了長幼有序、敬老尊賢以及珍惜食物的美德。

巨人阿里嘎蓋考考你

巨人阿里嘎蓋為了感謝族人不殺之恩，以豐富的魚獲回報族人。當我們得到別人的幫助或原諒時，是不是應該心存感恩，也把這份善意回饋到他人身上呢？

臺灣本土繪本・
臺灣原住民族系列

《雷女悠奧》

很久很久以前，賽夏族的人們開墾土地非常辛苦，
天上的雷女悠奧決定帶著神奇種子來到人間，
不僅召喚閃電來整地，還教導族人如何種植作物。
族人的生活終於改善了，他們歡天喜地，
將悠奧留在部落裡一起生活。

可是有一天，雷火交加、天崩地裂——
悠奧就此消失了！

臺灣本土繪本・臺灣原住民族 2　PG2481

巨人阿里嘎蓋

主編／劉秀美
作者／宋如珊
繪圖／黃岳琳
責任編輯／姚芳慈、林哲安、孟人玉
圖文排版／劉肇昇
封面繪圖／黃岳琳
封面完稿／王嵩賀

出版策劃／秀威少年
製作發行／秀威資訊科技股份有限公司
114 台北市內湖區瑞光路76巷65號1樓
電話：+886-2-2796-3638
傳真：+886-2-2796-1377
服務信箱：service@showwe.com.tw
http://www.showwe.com.tw

郵政劃撥／19563868
戶名：秀威資訊科技股份有限公司
展售門市／國家書店【松江門市】
104台北市中山區松江路209號1樓
電話：+886-2-2518-0207
傳真：+886-2-2518-0778

網路訂購／秀威網路書店：https://store.showwe.tw
國家網路書店：https://www.govbooks.com.tw
法律顧問／毛國樑　律師

總經銷／聯寶國際文化事業有限公司
地址：221新北市汐止區康寧街169巷27號8樓
電話：+886-2-2695-4083
傳真：+886-2-2695-4087

出版日期／2022年8月　BOD一版　**定價**／380元
ISBN／978-626-95166-9-8

讀者回函卡

秀威少年
SHOWWE YOUNG

國家圖書館出版品預行編目

巨人阿里嘎蓋 / 劉秀美 主編 ; 宋如珊 著 ; 黃岳琳 繪. -- 一版. -- 臺北市 :
秀威少年, 2022.8
面 ; 公分. -- (臺灣本土繪本. 臺灣原住民族 ; 2)
BOD版
ISBN 978-626-95166-9-8(平裝)

863.859 111009939